MW00910774

Grasset-Jeunesse

à Mario, qui inspire mes couleurs. O.M.

à Ginevra. B.C.

Traduction
et adaptation de MIM

© Edizioni Arka, Milano, 2004
© Éditions Grasset & Fasquelle,
Paris, 2004
pour le texte en langue française
Tous droits réservés

Crédit photographique :
Photo Service Electa, Milano
www.arkaedizioni.it
www.octaviamonaco.it
www.grasset-jeunesse.com

Première édition, dépôt légal : avril 2004
Nouveau tirage, dépôt légal : octobre 2005
Loi 49956 du 16/07/1949
N°édition : 13.882
ISBN : 2 246 66701 1
Imprimé en Italie

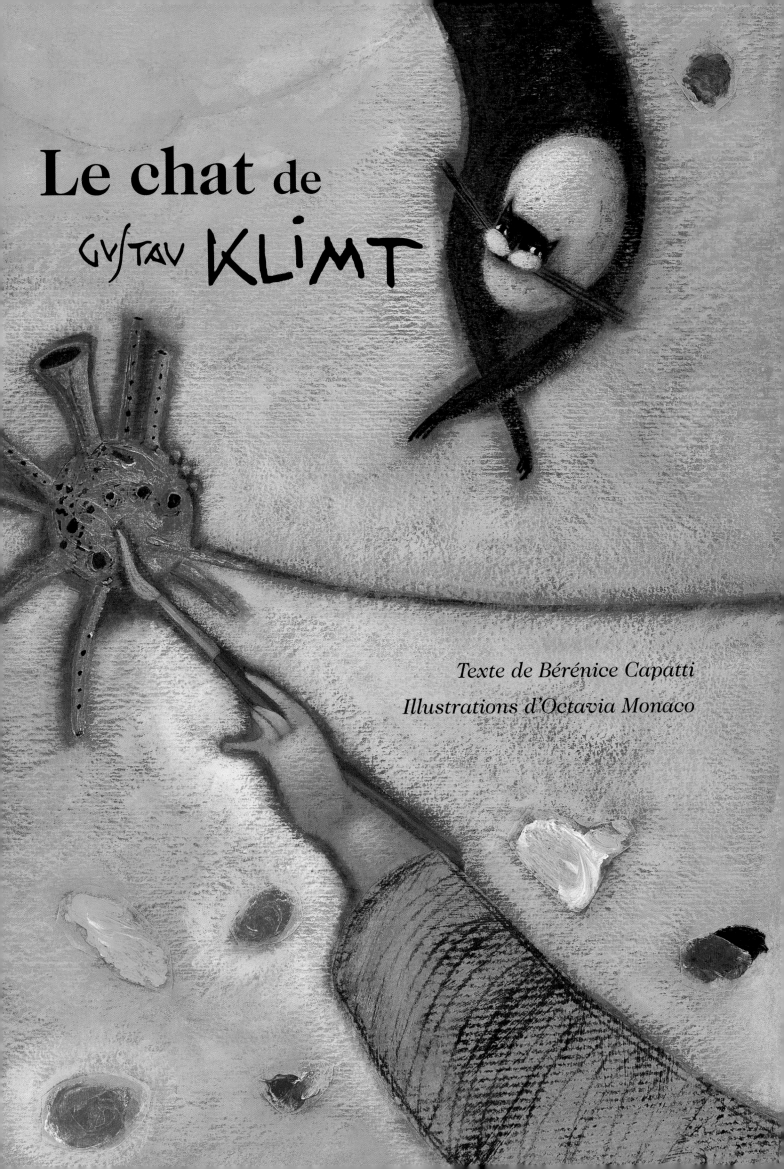

Le chat de
GVSTAV KLIMT

Texte de Bérénice Capatti
Illustrations d'Octavia Monaco

Allez entre, ne sois pas timide. Cette étrange odeur
que tu sens, c'est celle de la peinture, de l'huile et des toiles…
Je te propose de partir à la découverte de l'atelier de Gustav Klimt,
mon maître. Sur le côté, tu peux voir des pinceaux, rangés
dans leur pot, et des tubes de peinture qui dégoulinent sur la table.
On peut s'installer ici et l'observer pendant des heures,
de toute façon il ne nous verra même pas. Que je miaule comme
un chaton ou rugisse comme un lion, je ne risque pas de le déranger.
C'est toujours comme ça quand Gustav est assis à son chevalet :
plus rien n'existe à part ses couleurs et ses toiles…

Là, il peint deux amoureux. On dirait des vrais.
Je sais d'avance qu'il va ajouter de l'or pour illustrer leur amour.
Puis, il peindra des roses, comme celles de son jardin,
qu'il peut apercevoir de sa fenêtre.

Tous les matins de bonne heure, Gustav s'occupe de ses fleurs.
Personne n'est là pour lui tenir compagnie. Personne,
à part moi, son chat préféré. Pour être honnête, c'est plutôt lui
qui me tient compagnie ! Je n'ai pas un caractère indépendant,
comme les autres chats. Loin de mon maître, je dépéris.
Gustav ramasse les feuilles mortes, perdu dans ses rêves.
Je sais bien qu'il pense à sa famille : à son père, qui est graveur
sur bijoux, à sa mère, qui aurait voulu être chanteuse d'opéra ;
et aussi à ses quatre sœurs et à ses deux frères, Klara, Hermina,
Anna et Johanne, Georg et Ernst. C'est avec Ernst que Gustav
s'entendait le mieux, parce qu'ensemble ils ont tout partagé :
les jeux quand ils étaient enfants, et ensuite les bancs
de l'école d'art où ils ont appris à dessiner.
Puis ensemble ils ont peint quelques tableaux
pour le plus célèbre théâtre de Vienne, leur ville natale.

Plus tard dans la journée, l'atelier s'anime : des jeunes femmes arrivent.

Gustav leur indique quelle pose prendre, et les voilà immobiles, figées.

Parfois elles sont habillées, parfois elles sont nues. Il fait plusieurs croquis

sur des petits bouts de papier, qu'il laisse tomber un peu n'importe où.

Figure-toi qu'on n'apprend pas à peindre les gens comme ça, il faut du travail.

Beaucoup de travail. Il faut d'abord observer chaque partie du corps

avec attention, et après seulement, on peut commencer à dessiner.

Pendant ce temps, nous les chats, nous marchons sans vergogne sur les dessins.

On se roule même dessus. Quand il nous surprend, Gustav dit en riant :

« Ne vous retenez pas, il n'y a pas meilleur fixatif que votre pipi ! »

Il croit que cela empêche les contours du dessin de s'effacer.

Je ne sais pas si c'est efficace, mais du coup, on s'en donne à cœur joie !

Faire des croquis n'est pas suffisant pour devenir un bon peintre.
Il faut aussi se tenir au courant de ce que font les autres artistes.
« Si on veut s'améliorer, m'explique Gustav, il faut tout voir.
Même ce qu'on trouve moche ! » C'est pour ça que Gustav passe
beaucoup de temps dans les musées. Moi, j'en ai vite plein les pattes,
mais lui, tout le passionne. Il étudie les arts grec, syrien, chinois,
égyptien… Je vais te confier un secret : Gustav se promène
dans les galeries avec un petit carnet rouge, dans lequel il prend
des notes et dessine tout ce qu'il voit. Ainsi, il se souvient
de détails que, plus tard, il pourra glisser dans ses tableaux.

Bien sûr, l'Art Nouveau n'est pas du goût de tout le monde.
Certaines personnes préfèrent revoir mille fois la même chose.
Comme ce monsieur grincheux qui critique : « Ce toit ne ressemble
à rien ! On dirait un gros chou doré ! » « Tête de chou toi-même ! »
je lui réponds en crachant, hérissé de colère. Quel ignorant !
Le gros chou doré, comme il dit, c'est la coupole la plus merveilleuse
que j'aie jamais vue. J'ai fait tout le chemin sur mes petites pattes
pour admirer ce nouveau bâtiment que Gustav a fait construire,
avec l'aide d'amis à lui : des peintres, des sculpteurs et des architectes,
qui ne supportent plus les règles de l'art traditionnel.
Ils veulent être libres d'exprimer ce qu'ils ressentent au fond
d'eux-mêmes, sans contraintes. Voilà pourquoi ils ont fondé un groupe,
qu'ils ont baptisé « Sécession ». C'est ici qu'ils exposent leur travail,
mais aussi celui des autres. Ils invitent des artistes étrangers,
parce que c'est très important de s'ouvrir à des cultures différentes
et d'accueillir des idées nouvelles. N'est-ce pas ?

Bien des gens sont hostiles à l'Art Nouveau.

Lorsque Gustav a peint trois tableaux pour le Grand Hall
de l'Université de Vienne, il y a eu du grabuge…

Il devait représenter la Philosophie, la Médecine et la Jurisprudence.
À la vue du travail de Gustav, les professeurs sont verts de rage.
Ils s'attendaient à des images sereines et rassurantes, et voilà que Gustav
étale des sentiments : la vie, la mort, la peur, l'amour, le chagrin.
Ils avaient exigé des personnages habillés et dignes, Gustav leur offre
des espaces vides, dans lesquels errent des corps nus. On dirait un rêve.
Puisque personne à part moi, son plus fervent admirateur,
n'apprécie ses peintures, Gustav les rachète. « Une fois un tableau
terminé, je ne veux pas perdre mon temps à le justifier
devant les gens. Ce qui compte pour moi n'est pas tellement
à combien de personnes il plaît, mais à qui il plaît ! » dit-il
en me faisant un clin d'œil. Peut-être aimerait-il avoir mon avis ?

Ce que je préfère, c'est quand Gustav m'emmène en voyage.
Aujourd'hui on part pour l'Italie. À Venise, je parcours les rues
à la recherche de mes frères chats, histoire de faire un brin de causette.
Mais sans Gustav. Lui, comme d'habitude, ne s'intéresse qu'à l'art.
L'art, encore l'art, toujours l'art… À Ravenne, il soupire : « enfin ! »
Je me demande ce qu'il veut dire, mais je comprends au moment
où nous pénétrons dans une église. Sur le mur devant nous se déploie
une superbe mosaïque : je reste muet de ravissement face à cette multitude
de petites pièces, les tesselles, recouvertes d'or et de couleurs vives.
Gustav contemple l'œuvre pendant des heures. Je parierais mes moustaches
qu'il réfléchit déjà à la façon dont il va pouvoir s'en inspirer.

Nous décidons de rentrer parce que Vienne manque trop à Gustav.
Il n'est vraiment pas fait pour l'aventure. Mon Gustav, c'est un casanier.
Il se précipite dans son atelier pour s'embarquer dans une journée de travail :
c'est sa conception du voyage. Le voilà qui peint un portrait d'Emilie.
De temps à autre, Gustav et la jeune femme sortent prendre l'air dans
le jardin. Ils me caressent, ainsi que les huit autres chats qui nous ont
désormais rejoints. Puis Gustav attrape de quoi jongler. Comme il n'est pas
très doué, nous préférons nous éloigner. Mais lorsqu'il se met en tête
de s'entraîner au lancer de disque, alors là, c'est la débandade ! Mieux vaut
être prudent si on tient à ses oreilles : avec Gustav, on ne sait jamais !

Tous les soirs, après le travail,
Gustav nous souhaite une bonne nuit.
Il ne sera pas de retour ici
avant demain matin.

Je profite de son absence pour vous parler un peu d'Emilie…
C'est la compagne de Gustav. Avec ses deux sœurs, Hélène et Pauline,
elle tient la maison de couture la plus courue de Vienne :
la « Boutique des Sœurs Flöge ». Elles s'inspirent des créations à la mode
à Paris et à Londres. Mais Emilie a son propre style : les habits
qu'elle dessine sont amples et confortables, sans corset, ce qui permet aux
femmes de se déplacer plus librement. Gustav l'aide à inventer
des formes nouvelles. Sais-tu qu'il fabrique lui-même les tuniques
qu'il met lorsqu'il peint ? Gustav est vraiment un artiste hors du commun.

Cet été encore, nous partons en vacances avec la famille d'Emilie.
Comme tous les ans, nous nous rendons sur les bords du lac Attersee,
à la montagne. C'est que mon Gustav a ses petites habitudes,
et c'est son endroit favori. Mais même ici, il ne peut s'empêcher
de travailler. Chaque matin, il m'embarque avec ses toiles,
son chevalet et ses couleurs, et il installe son petit bateau au milieu
du lac, où il étudie attentivement l'eau et ses reflets. Afin d'obtenir
le meilleur angle, Gustav a toujours un petit cadre en ivoire,
dont il se sert pour observer le paysage avant de se mettre à l'œuvre.
Je tente de pêcher un ou deux poissons…
en prenant garde à ne pas passer par-dessus bord !

De retour à Vienne, Gustav se remet au travail.
Il s'attelle à de nouvelles compositions. Par moments, il se sent
comme un preux chevalier, prêt à guider les autres vers le bonheur.
Il s'imagine combattant la maladie, la jalousie, la folie…
Il triomphe de ces monstres grâce à sa peinture.
D'autres livrent bataille à travers leur poésie ou leur musique.

Gustav expose ses idées
dans une pièce du bâtiment de la Sécession.
Il réalise une immense frise pour
une exposition à la gloire
du célèbre compositeur Beethoven.

Une fois cette œuvre terminée, Gustav retourne
à son cher atelier. Désormais, il décide de peindre
essentiellement des femmes. Gustav invente
pour ses modèles d'extravagantes parures dorées,
comme celle d'Adèle Bloch Bauer. Il représente
des femmes jeunes et vieilles, avec et sans vêtements
pour mettre en scène les trois âges de la vie :
une fille, une mère et une grand-mère.
Je me demande combien d'esquisses et de croquis
Gustav va devoir faire avant d'être satisfait…

Mais Gustav a oublié une étape essentielle
à ses trois âges de la vie : la rencontre amoureuse.
Au moment où je me décide à le lui dire, le voilà qui commence
un nouveau tableau : le baiser de deux amoureux.
Il avait déjà peint une scène similaire. Tu t'en souviens ?
Cette fois-ci, il charge sa peinture d'or et de formes géométriques.
Les motifs des vêtements sont ronds pour la femme,
anguleux pour l'homme. Même si leurs habits sont clairement
distincts, les deux amoureux se serrent tellement fort
qu'on dirait qu'ils ne font plus qu'un.
Ému, je me penche sur cette nouvelle œuvre,
et les heures passées à Ravenne me reviennent en mémoire.
Mon incroyable Gustav a réussi à s'inspirer
des innombrables tesselles dorées…

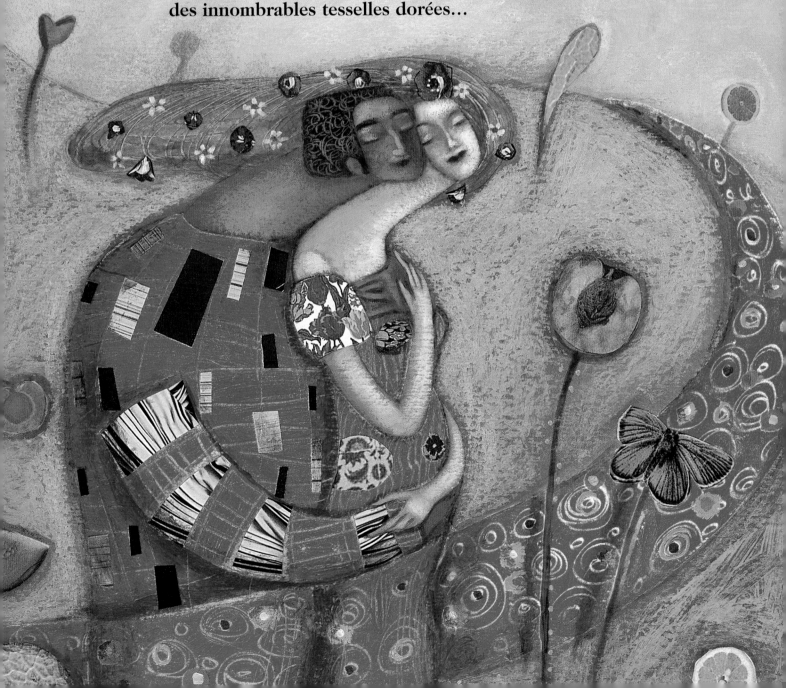

Gustav est perdu au milieu de ses réflexions sur l'amour
lorsqu'il entend la voix d'un mendiant. Il donne toujours de l'argent
aux gens dans le besoin. Mais à présent, tu connais assez Gustav
pour savoir que lorsqu'il est absorbé par son travail, le monde extérieur
n'existe plus. Il a donc pris l'habitude de laisser quelques pièces
de monnaie sur le pas de sa porte. Gustav est un peintre exceptionnel, et
le meilleur des maîtres pour moi. C'est aussi un homme très généreux.

Je vais te confier encore un secret : sais-tu pourquoi ses tubes
de peinture proviennent du même magasin ? Parce que la propriétaire
lui a raconté qu'elle était au bord de la faillite, et Gustav
s'est juré de l'aider en venant toujours lui acheter ses fournitures.
Tu vas trouver ça étrange, mais plus Gustav met de l'or dans ses tableaux,
moins il en garde pour lui. Dès qu'il gagne un peu d'argent, il ne met
pas un sou de côté. Il dit que ça ne sert à rien d'avoir une tirelire.
« L'accumulation d'argent n'est jamais une bonne chose… »
me répète-t-il souvent.

Kokoschka

Schiele

Gustav est un bon vivant. Je l'entends souvent parler fort et éclater
de rire. Mais aujourd'hui, il est très déprimé, ce qui explique son silence.
Ses élèves se détachent de sa peinture. « Les jeunes ne me comprennent
plus, se lamente-t-il. Je ne sais même pas s'ils pensent encore à moi. »
Pourtant, Gustav sait bien comment va la vie. À l'époque, il avait été celui
qui proposait un nouveau style. Maintenant, c'est au tour de la jeune
génération de se démarquer. Mais avec Gustav, je ne suis pas au bout
de mes surprises. Le voilà qui prend son courage à deux mains, et qui
réinvente complètement sa peinture. Pour représenter ce nouveau-né
dans son berceau, il utilise une palette de couleurs lumineuses.
Les contrastes violents, l'or, les formes géométriques, tout cela a disparu.
Seul reste… moi, son vieux chat, qui l'observe au travail, et renifle
sans me lasser l'odeur de l'huile, de la peinture, des toiles…

Judith I

Le Berceau

L'Amour

Portrait
d'Adèle Bloch Bauer

Portrait
d'Emilie Flöge

Un jour Gustav m'a avoué : « Je ne suis pas très à l'aise avec les mots.
Alors imagine si je devais parler de moi ou de ma peinture… »
Ce jour-là, j'ai décidé que moi, son plus fidèle ami, je ne l'abandonnerais
jamais et que je me chargerais de raconter l'histoire de sa vie.

Gustav Klimt est mort en 1918.
Tu trouveras certains de ses tableaux reproduits
sur les dernières pages de ce livre.
Qui sait, peut-être que cela te donnera l'envie
d'aller admirer ces œuvres en vrai, à Rome ou à Venise,
en Autriche, en Allemagne, en Belgique,
aux Etats-Unis ou en Suisse.

La Frise Beethoven

Le Chevalier
Frise Beethoven

Les Trois Âges
de la vie

La Musique I